KB093518

소소소 小小小

서윤후

소소소小小小

서윤후

PIN

028

차례

1부 여분의 삶

유리물산   11

소요한 생활   14

소소소小小小   18

파한   22

핑거푸드   26

팝업 스토어   28

스탭밀   32

슈가 코팅   36

IKEA FAILS   38

피서 계획   42

나 이렇게 살아도 되는 걸까   44

딱딱하고 시무룩하게   48

여분의 삶   52

2부 신 미만 인간 이상의 X

꾸준하게 무거운 가방을 메고 간다   59

싸이코   62

턱수염의 신   66

주인 없는 침묵은 분란을 일으키기도 한다   70

물방울 숨기기   74

끝낼 수 없어 계속하게 되었다   78

뾰족한 뿔 위로 타원형 알을 올려놓기 위해   82

미래지하입구   88

미래지하정전   92

미래지하후기─『인간도감』과 X   98

파두   106

해안류   112

원 안에서 벗어나 원 밖으로 나아가   116

백만 번째 낭독회   120

에세이 : 시럽   127

PIN

028

소소소小小小

서윤후

시

1부

여분의 삶

유리물산

눈앞에 너무 많은 것들이 아른거려
가짜가 진심을 애원하듯이

쓰보야 거리를 걷다가
유리를 불어 만든 공예품이라고 적힌 좌판 앞에
선다
생각보다 비싸군요 그저 그렇고 그런 것들이 아
니랍니다 쉽게 깨지지 않을까요?
깨지지 않는 유리는 없습니다

했던 말을 반복하는 게 슬픔의 자세라면
담벼락에 박혀 있던 맥주병 조각들은 무엇을 그
치게 하는 언어였을까
다치게 해서라도?
공책 맨 뒤에서부터 적어 내려간 것들이

무엇을 그만두게 했나 생각했을 때

　손에 들고 구경하던 유리 화병을 떨어뜨렸다
　깨지는 소리가 사람들에게 박힌 듯 아무것도 들리지 않는 공예품 가게 앞에서
　나는 외국어로 최선을 다해 사과했다
　스미마센, 스미마센

　자주 있는 일이란 듯 진열대 밑에서 빗자루를 꺼내 온 점원은 어쨌거나 웃고 있다
　그 미소가 나의 균열을 만지고 있었다
　변상하기 위해 지갑에서 가장 큰 지폐를 꺼내어 건넸다 점원은 머뭇거리다 어쩔 수 없이 받았고
　거스름돈도 내주었다

파친코에서 나온 사람들이 담배를 피우고 있었다

그 옆에서 나도 불을 붙였다

가지고 싶은 것을 정확히 상상하면 눈동자가 욱신거렸다

건물 회전문이 돌아갈 때마다

구슬 섞이는 소리가 맑고 투명하게 들렸다

오늘 내가 산 유리 화병을 상상하며 캐리어에 넣었다

깨지지 않도록 조심히 운반해야 한다고

자면서도 내내 생각했다

없으니까 있고 싶어

옆방 아이의 일본어를 알아듣게 되었다

소요한 생활

시간을 놓아버린 양파가 얼마나 고약하게 썩어 가는지 방금 껍질 벗긴 양파가 나를 붙들고는 울어 보라고 말한다

지금은 손을 떠난 소매가 펄럭이는 시간이다
끝끝내 울지 않은 얼굴은 뒷모습으로 잠겨 있다
개는 낯선 허공을 향해 짖는다
가장 살가운 주인인 줄 모른 채

장 보러 가는 길 실종자 전단지를 받는다 나눠주 는 이는 식당을 개업한 사람과 얼굴이 다르지 않다 구겨 넣었다가 꺼내어 읽는다 발음이 어눌함 당시 빨간색 코트 착용 경상도 사투리 억양 있음 복지카 드 목걸이로 걸려 있음

길 건너편 뺑소니 목격자를 찾는 현수막이 백 년

동안 걸려 있다

빛은 두 눈을 감은 얼굴을 실책하고

납작하게 엎드려 바닥을 훔치는 사람이 있다 닦
을수록 넓어져가는 바닥인 줄 모르고 다만

철창과 쪽문 몽땅 잃어버릴 수 있도록

부엌에서 밥을 짓다 손등에 맞춘 쌀뜨물에 처음
보는 얼굴이 출렁인다

언제까지 씻어? 얼마나 더 씻어야 해? 이렇게 울
게 되고

눈대중으로 10월과 11월의 차이를 알게 된다

나를 자세히 들여다보기 위해 고무나무는 노랗
게 질린 잎을 바닥에 떨어뜨린다

나는 아직도 쟁반을 보면 내리치는 생각을 멈추지 못한다

지루하고 난폭한 와중에도

생활은 도무지 입을 열지 않는 동물원 악어처럼

소소소 小小小

작고 앙증맞은 것들이 자꾸 큰 것을 물어 온다
식별 불가능의
삶을 다해도 알 수 없는 것들을

잠자리 날개를 집으려는 아이의 집게손가락은
아마도 가리키는 것이다
무엇이 무엇을 잠깐 멈추게 할 수 있는지

조생귤의 단단함에 침 흘리고
우산 하나에 여럿이 깃든 어깨의 단란함으로
이 거리가 잠깐 들썩일 수 있다면

열댓 명 모인 농성이
회전목마처럼 돌아가는 회전문을 막지 못한다
스피커에서 흘러나오는

울부짖음이 거리 어디에도 맺히지 못할 때

소실점으로 걸어 들어간 사람들이 있었다
점 뒤에서 이 세계를 요약하진 않는다
직통 버스 없는 터미널에서 떠나온 사람이
몇 시간을 먼저 기다리는 것이다
이 작은 도시에 멀미가 나서

아스피린과 타이레놀
다솜이와 영은이
동교동 삼거리와 공덕 오거리
(지도를 그리는 바늘들)

열심히 마늘을 빻는 부엌 작은 창 속에
한 스푼 설탕을 푸는 사람도 있어

복도식 아파트가 나눠 갖는 냄새

학원 가던 아이가 샌들을 벗어
자갈 하나를 떨군다
잠깐 완벽해지는 세계

파한

깜빡하고 오른손을 집에 두고 온 날이었네
뜨거운 냄비를 들 수 없어 손님 앞에서 귀가 빨
개졌고 월급을 한 손으로 받아 야단맞았고
그래도 다 괜찮다고 말해주던 선배는
내게서 인간미가 느껴진다고

다음 날 두고 온 오른손 찾으려고
왼손 집에 두고 나왔더니
악수 청하는 관객에게 미소만 띄웠고 박수갈채
속에서 휘파람만 불었고
어쩌면 너는 그렇게 우아해 어쩌면 너는 그렇게
진중해
그 와중에 나는 또 두고 올 게 있을까
벌써 흐릿해진 손목을 보다가

다음 날엔 걷고 싶어 안달 난 두 발이었고

쓸어내리기 좋은 눈썹이었고

들키기 쉬운 귀였는데

사람들은 의심도 없이 사랑을 고백하였네 하나
만 더 달라고 애원하고…… 없어도 괜찮다는 빈말
로……

어딘가 매달려 키링처럼 당신을 소중한 열쇠로
보이게 만들 반짝임과 짤랑임을 위해

두고 올 것을 생각하다 그만 생각을 두고 온 날

요즘 따라 이상해 어디가 안 좋아 보여

안색 띄울 겨를 없이 잠기기에 좋았고 그러다 집
바깥에서 나를 잃어버리는 이야기

속수무책으로 달아나버린 내가 조금

마음에 드는 이야기

엉덩이에게 쓰고 어깨로 읽는 일에 지쳐서

웃기로 했는데 입술은 통째로

나를 두고 가기로 결심했는지 좀처럼 구부러지지 않고

미술관에서 너 같은 흉상 본 적 있어

박물관에서 너 같은 잔상 느낀 적 있어

입 밖에 다 꺼낸 적도 없이 혀는 나를 다그치고

심장을 어떤 구멍에서 꺼내야 할지

생각 없이도 생각을 켤 수 있게 되는 이야기

다 흩어져버린 기계장치들을 불러 모을 수 있도록 고장 난 신호음을 흘리면서 산책로로

두고 온 것을 잊을 만큼 화려한 밤거리로

이젠 이야기가 이야기를 두고 가는 날만 남았네
아무것도 없다는 말을 믿게 되었네
내 것이 아닌 손을 잡고서
내 것이었던 목젖으로 컹컹 짖으면서

핑거푸드

끝나는 것을 확인하고 싶다
시계 수리공은 시대를 마감했으므로
눈사람이 물방울을 타고
어디론가 날아가버리는 것을
입장 바꿔 생각하기 위해

입장 5분 전과 회전문의 정적
시작할까요?라고 묻는 입술의 떫은맛을
케이터링, 여기에 없는 것을
불평하지 않도록 최대한 익살스럽고
거의 모든 사랑과 유사하도록
한 입으로— 한 손으로— 한 걸음으로—

선율은 음악의 모든 가호
질 좋은 구토와 질 나쁜 위로의 쌍둥이자리

별빛 우아해서 건방지고 싶은

어둠에 잠깐 기대어

한 사람으로— 한 입 거리로— 한달음으로—

시작했던 것을 아득히 잊기 위해

경청과 딴짓을 함께 포개어 맛보기 위해

다 좋았는데…… 하면서 전부를 전부 이해하려는

사람에게서 조각난 사람들이

그 조각을 열심히 주워 먹으며 씹지도 않고 삼킬 때

간단해지는 일을 흠뻑

축하해줄 수 있는 것

오직 기쁜 일

팝업 스토어

사람들은 영원히 줄에 서 있다
모두 이 기다림에 이유가 있다고 생각한다

한 자루 엽총과
빈티지 폴라로이드

(탕!)

그렇게 순간은 호주머니도 없이

내일이란 말을 모르는 원주민에게
언덕을 가리켜 보여주었다

눈먼 염소가
말뚝에 묶여 태양을 정면으로 보는 장면

유성우 떨어지자
몇 사람은 줄을 떠나고

간략해지지 않는 이 줄만이
이야기가 될 것이다

잠깐 다녀온다던 사람의 발자국 위에 서서
오지 않을 사람이 되어간다

간격이 좁아질수록
나침반은 빠르게 돌아간다

염소는 물웅덩이에 비친 자신을 향해
뿔을 열심히 겨누고 있다

어제라는 말을 이해한 원주민은

해가 뜰 때마다 눈부심을 앓게 되었다

스탭밀

반쯤 감긴 눈으로 열차에 올라탄다
서서히 햇빛이 부서질수록
반쯤 눈을 뜨고 나를 기다리는 세계가 가까워진다
우리는 찡그린 얼굴이 되어 만난다

세워진 입간판은
지붕의 대리인이거나 사다리의 실패작
사람들은 대부분 지나쳐 간다
거리 쪽으로 입간판을 돌리고 들어간다
회전하지 않는 중심을 믿으면
차임벨은 들리지 않는다
창구에 내미는 통장 사본처럼 가게로 들어선다

주방에서 나온 야키소바 정식을 들고
이것과 저것 모두 먹고 싶던 사람에게로 간다

부족해 보이는 게 여러 종류이면
남김없이 끝낼 수도 있다니까

사람들이 나를 부르기 시작한다
테이블 닦아줄 사람 떨어진 숟가락을 대신할 사람
메뉴판에 없는 글씨 읽어줄 사람을 대신해
나는 다치지 않으려고 친절해진다

내 몫으로 나온 따뜻한 그릇을 들고
열릴지도 모르는 문을 바라보며 먹기 시작한다
중심 없이 회전하는 테이블 위
나의 정식은 원 안에 있고
사람들의 정식은 네모 안에 있다

이것과 저것 중에 나는

어느 것이 된다

슈가 코팅

반짝이는 것은 도움이 된다
도화선에 오른 슬픔을 내려오게 하거나
일그러진 얼굴에서 입술을 빛나게 할 때

서로를 엎질러서라도
핥아서라도 캐러멜라이징

깊고 풍부한 맛이 되었다
울고 난 사람에게 윤기가 나듯이

누군가 벗어준 외투에 묻어서도
반짝임을 그칠 줄 몰랐을 때

녹이는 점 녹는점 필요해
끓이는 점 끓는점 가져가

너무 반짝이면 모형 같아서 만져보는 음식이 있었다

입가에 묻은 파우더
머뭇거리는 발자국의 글썽거림
우리가 정말 달고 맛있었을 때
굶주린 얼굴 흘러내리는 줄 모르고

도처에 진열되어 있는 굳은 얼굴들

아 맛있겠다……
아 목말라……

IKEA FAILS

꼭 부러질 것만 같지
어제의 맹세가
창고형 마트를 주파하는 아이 인내심이

노래가 나오는 벽난로가 새로 나왔대
장작과 불티를 연출하는 스크린 속으로
손을 가져다 대는 사람은 없다

마음에 들지 않을 언젠가의 날들을 위해

라탄 의자에 앉아 견고함을 생각한다
철제 서랍의 모서리를 보며
피가 나는 것들을 떠올리게 된다

초인종 소리를 결정한 적도 없이

너무 많은 문을 열어왔고

유리의 실물을 본 적 있니?
전신 거울에 제 몸을 담기 위하여
몇 발자국 뒤로 걷는 순간

부딪힌 아이가 넘어져서 운다
모두 아이의 엄마가 어디에 있는지 찾고

몇 번을 내려놓은 7단 철제 서랍을
카트에 담는다
완성품을 떠올리는 것은 모조품의 입장

아이를 둘러업고는 실례가 많았습니다
엄마의 등과 아이 얼굴이 닮았다

실패할 일 없는 품에서 나와
실패를 각오하는 조립품은

꼭 망가지지 못할 것만 같지

너무 높은 천장
지하에서 꺼내 오는 재고품
결정을 채근하는 배고픔
자동차 트렁크 면적을 생각하다가
내려놓은 것들은 아마 영영 가질 수 없는 것들

어디선가 멜로디가 들려온다
누군가 겁도 없이 문을 연 벽난로
불 피운 장작이 흐르는 화면을
맨손으로 만지는 손

크리스마스카드를 열어보는 사람을 닮은

아이의 얼굴, 유리창이 그것을 본뜨기 시작하면

꼭 어디선가 태어나고 있는 것 같지

* IKEA FAILS는 이케아 조립 가구의 실패 사례를 유머러스하게 업로
드한 SNS상의 해시태그를 말한다.

피서 계획

　옥상에서 바다를 생각하다―편지에 적은 일들은 생각보다 잘되지 않다―가벼이 돌아오기 위해 무거운 배낭을 메고도 필요한 게 많다―쥐고 있던 것에 방아쇠가 생기다―셋부터 세는 사람과 하나부터 세는 사람이 불가피하다―말끔한 과녁을 제출한 과거를 애도하다―분홍색 하늘과 연보라 바람 사이―나의 시야가 지루해져 머물던 새들 모두 날아가다―많은 장우산과 조금 모자란 비―여름 냄새 흙 냄새 풀 냄새―촐싹이는 플라스틱 3단 서랍장 안에 가본 적 없는 나라의 풍경이 인쇄된 엽서를 보다―잃어버린 사람 하나에 맺힌 물방울 속을 허우적거리다―파도는 꿈의 테두리에서 사라지다―온종일 반바지 입은 사람들을 마주하다―일찍 끝낸 옷소매가 지루하고 긴 팔다리의 반복을 멈추지 못하다―읽다 만 책 네댓 개비의 담배 라임 조각이 그려진 부채 텅 빈 라이터─곧 끝날 것 같은 생활의 기미─의자를 밀어 넣는 것이 끝인지 시작인지 알 수 없다─국수 헹구는 소리─심장까지 끌어당긴 교자상의 끈적함을 견디다─책상에서 몇 해 전 다녀온 해변에 대해 쓰고 잠들다─영영 마르지 않는 물때를 껴안다─하늘을 짐작하기 위해 옥상에 오르다─여름에도 차가운 손잡이─물기 많은 사람들과 뙤약볕을 맞이하다─피서, 추락한 나를 온종일 기다리다

나 이렇게 살아도 되는 걸까

19,700원 그날 밤중 걸음을 대신할 심야 택시, 라디오 켜져 있고 떠드는 것 또한 점잖은 아나운서에게 맡기고 눈 감으며 어둠에게마저 할 일을 주고 잠깐만 빈 상자가 된 듯하다 열어봐야만 납득할 수 있었겠지만

넥타이는 머리에 두르지 않아도 된다 이것저것 조심하라는 자만 조심하면 된다 중간에 드는 일이 제일 난해한 가장자리니까 가위를 가장 먼저 갖다 대는 곳에 채썰기 좋은 물기 많은 인간사가 있다니

상자가 되어서, 과속방지턱을 신나게 넘는 곡해 속에서 주소지는 불분명하고 여기에서 세워주세요 말할 수 있게 되니 잠깐만 투명 테이프를 찢고 아가리를 벌려야 하는 일이라니

나 이렇게 살아도 될까? 친구의 메시지를 받는다
엉망진창의 묘기를 허락하고 싶다 동참하여 유랑하
고 싶다 박수갈채를 귓불에 매달고 싶다 택시는 한
없이 내달리더니

이 밤중 빛나는 편의점과 교회 첨탑의 십자가와
부리부리한 구두코와 휘청거리는 눈동자들 자신을
대신할 문장 찾아 대형 서점 안에서 한눈팔아 디퓨
저 코너를 지나 화장실 방향제 앞에서 알게 되겠지
이 시대가 원하는 가장 적당한 체취를

잔돈처럼 택시에서 굴러떨어진 얼굴은 도무지
어떤 입구에도 먹히질 않는 깡통 자판기 이제 그런
건 세워져 있지 않아 자동으로 계산되는 돈 자동으

로 화해하는 싸움 자동으로 자동을 멈추게 하려는

  할 게 얼마 없는 거리에서 활보와 주저앉음만이
가능한 피곤의 마네킹이라니 돌아가면서도 돌아가
고 싶다고 집에 와서도 집이 너무 멀다고 상자는 오
늘도 아무것도 꺼내지 않은 새 포장 제품 배송 중의
하소연

  답장하지 않은 편지가 많아서 좋은 여기가 우체
통 안이니까 수거하지 않아도 될 밑줄을 묶어서 다
시 기나긴 밤 지나야 하는데 줄 타야 하는데 할증
은 끝나지 않고 상자를 맡길 수 있는 건 하나밖에
남지 않아서 친구에게 답장 문자를 보낸다 문 앞에
두세요

딱딱하고 시무룩하게

쉽게 쓰고 어렵게 지우는 것 같습니다

어렵게 쓰고 쉽게 지운다는 말을 잘못 말한 것
같군요

아저씨는 뉴스를 보며 내게 묻습니다

구제역에 생매장당하는 돼지 떼가 나옵니다 정
부가 잘하고 있는 것 같은지 재차 묻습니다 큰일이
라면서 앵커의 말에 집중합니다 나는 대답을 하려
고 했는데 아저씨 귀에는 블루투스 이어폰이 있고

아, 나는 부질없는 일을 종종 겪습니다

나를 이미 건너가버린 사건들이 있습니다 증거
는 내 안에 있습니다 인멸 우려는 없습니다 제 속을
들여다보지 못하는 자의 가슴에 남겨진 침묵 손자
국 입김 말줄임표

돼지 농장의 주인은 막 하소연을 시작합니다

국도 끝에는 방역하는 사람들이 있습니다
흰옷을 입은 사람에 대해 생각한 적 있습니다 멸
균을 기다리는 시간입니다 더러운 것만 골라 가져
가면 더러운 것이 두려워질 텐데 밤안개처럼 확산
되는 소독 가스 속에서 나는 궁금해합니다
돼지는 이제 누구의 목젖으로 울어야 할까

영혼도 생강을 무서워할 것 같습니다 귀가 어두
운 노인은 돼지들이 인간을 잡아먹는 시대가 왔다
고 믿을 것입니다 벌을 받는 거구나 그거 하나 보려
고 여지껏 살아왔지 탐탁지 않은 가래를 삽 쪽으로
뱉을 것입니다
난리도 아니에요 난리

쉽게 죽고 어렵게 살아가는 사람들을 생각합니다
어렵게 죽고 쉽게 살아간다는 말은 희망을 긁어
낸 말 같군요

술 먹은 다음 날 삼겹살 한 근 덜레덜레 사 오던
사람이 있었는데요 정육점 문 닫고 바람은 차가운
데 아직 오지 않고요
빈손은 모두 어디에서 서로를 비벼대고 있을까요

사랑은 왜 확산될수록 더러워지는 걸까요
왜 그것이 필요하게 되었을까요

여분의 삶

미닫이문이 속삭이는 겨울에 대해 말하자 늦게 들어온다던 사람이 일찍 들어와 걸어 잠근 문에 대해서도 달력마다 여지를 남긴 채 방충망이 걸러내는 초여름 환상이, 복도를 휘젓는 아이들의 온갖 탈 것이 분주했던 시간에 대해서 말하려고 할 때 (……처음부터 다시……) 주민센터에 앉아 서류 몇 장 쓰고 번복하고 통장 확인하고 가난은 잘 모르겠지만 더 나은 삶 구부정히 구경하면서 경치와 멀어지는 것에 대해 말하자 켄 로치 영화 보며 줄어들지 않는 눅눅한 팝콘 씹으며 그러다 베란다 창문에 비치는 우리의 나른한 얼굴에 대해 말하자 기댄 어깨의 기울기가 어제와 조금 다르다면 (……이제부터 다시……) 동네 학교 앞 정문에서 나올 아이들을 위해 마중 나온 사람들, 딸도 아들도 없이 그곳을 지나는 동안 어린 내가 우산도 없이 장화가 갖고 싶어 잠든 이 머리맡에 한 켤레 장화 그림을 몰래 그려놓고는 다시 비 올 날을 기다리던 때를 말하자 색깔이 모자라서 항상 설명이 필요했던 그림은 슬픔을 알 리 없지만 슬픔을 침착하게 거두려고 하는 자의 서랍 속에 잠들어 (……어쩌면 다시 없을……) 테이블 위 술을 다 마실 때까지만 떠들자고, 그 밤의 한계선 따라 천변 지나 첫차를 기다리는 많은 입김 중 진짜 하고 싶은 말은 몸속 어딘가에 얼려놓은 채로, 땀 나는 손 청바지에 박박 긁으며 (……마지막으로 다시……) 동창 결혼식에서 만나기를 너 아직도 시 쓴다며? 그런 인사는 따뜻한 곳으로 나왔다가 불 켜자마자 일사천리 구멍 속으로 돌아가는 밤벌레 운명처럼, (……어쩌다 보니……) 구멍마저 모자라 환한 샹들리에 밑에 앉아 숟가락에 비친 앞머릴 정리하다 화장실도 못 찾는 더듬이 빠진 멀미라서 어떤 계절과도 어울릴 수 없어서 집에 돌아와 전기장판 켜고 귤을 주무르며 아, 나는 알고 있구나, 알고 있는 것에 대해 말해보자 알고 있어 다치는 건지는 또 모르고 지나온 시절 한 겹 한두 장 꺼내어 코를 풀고, 식탁 위에 올려둔 시 한 편 읽으며 고칠 수 없는 것에 대해 이젠 말해보자 허기진 침묵 속에 켜둔 뉴스에선 연이어…… 닷새째…… 진전 없이…… 앵커가 반복하는 말 속에 남아 삶에 여지가 없다고? 우두커니 서서 반문하는 사람 문밖에 서 있기에, 그 사람 말을 들어보려고 그러니까 이제 다시는 안 돼 다시 할 수 없어, 유통기한 긴 우유를 꺼내려 냉장실에 손을 쭉 뻗는 마트 안에서 불현듯 언젠가 속삭인 적 있는 겨울을 알아듣고, 방문을 잠그고 질문 없는 밤으로 가기 위해 했던 일에 대해 말해보자 하고 싶었던 말은 식탁 위 시에 적혀 있으므로 여분의 삶, 이라고 시작하는 시 한 편을 읽고, 더는 말

하지 말자며 입술 위에 차가운 손가락을 포개는

2부

신 미만 인간 이상의 X

꾸준하게 무거운 가방을 메고 간다

밤중에 벌목꾼

당신을 벌떡 일으킬 등장인물

필요해서 낳는다

원할 수도 있어서 준비한다

준비물보다 분실물이 많아지는 밤에

야산을 메고 돌아올 벌목꾼

꾼 꿈 중 가장 질퍽하다는

오후 다섯 시 태몽은 비좁아요

사육한다 보다시피 사육한다

고기 뿔 힘줄 가죽을 바르고 만든

뼈와 뼈 사이의 바람

죽었다는 사실이 안도감을 빚는 생기
인중을 뛰노는 콧바람이
기도에 필요한 손을 모으고

가방에 들어 있지 않은 유실물
꺼내지 않고 있다는 사실만 기억한다

가방이 무거워 움직일 수 없다
줄 끈 선 매듭 꽉
갈 수 없는 발 안달 나는 바닥

소중해서 버린다
후회하더라도 보낸다

왜 꿈을 박박 긁고 있어

왜 밤을 꽉 물고 놔주질 않아

가느다랗게 질겨지기
커지지만 부드럽지 않기

선반 위 레모나 틴 케이스
버려진 야산을 꽉 깨문 지퍼
당기는데 돌아오는 것 없는
끊어낼 곳 없이 팽팽한

내려놓고 가 벗어던지고 가
가던 길을 가
그런데 너 좋아했지, 소라게를?

빗댈 것이 많아 환장했었지?

싸이코

도무지 이 지루함을 견딜 수 없군요

몇 개의 계단을 지우고 위태로워집시다 아는 길
위로 성난 개 한 마리 풀어놓읍시다 모르는 이에게
잘 지냈냐며 다짜고짜 짖어댑시다

어질러놓아야 발 디딜 곳 잘 보입니다

벽과 사람 중 더 단단한 게 있답니다 장도리로도
휘두르지 못하는 것 입맞춤으로 돌파할 수 있는 것
막무가내 사랑이라고요? 짝이 맞지 않는 것들의 친
구가 되어줍시다 홀수를 제발 환영합시다

행간에 사로잡혀 침묵을 익힙니다 입김 눈빛 체
온으로 새긴 글자를 아무렴 천성이 떠들썩한 사람

이 읽을 수 있겠습니까

　문맹이 시작되고 은유가 도사리고 있는 고향에
오신 것을 환영합니다

　언젠가 맹세했던 원관념을 찾을 수 없습니다 난
장과 난관 속에서 뜻밖의 제정신입니다
　백허그였다고 하던데 어딘가 물린 것이 틀림없
습니다

　돌탑으로 소원을 이루기 위해 가장 작은 돌 필요
합니다 화단엔 없고 계곡에도 없는 돌이 맹장에도
없으니
　이에 낀 돌 하나 운반하는 노동을 하게 되었고

세탁기 속에서 물 빠지며 뒤엉키는 소매

이런 결속력 어떠신가요

단추 하나 없는 하루쯤에도 의미가 필요하신가요

봉급 대신 받은 소용돌이를 머리에 이고 퇴근합
시다 끝장을 기다리는 도시로 청소가 필요한 시궁
창으로 악몽에서 깨어날 수 없는 사람에게로 주인
없는 정물에게로

모두 한 노선도에 있어 긴 시간 걸리지 않을 겁
니다

도착하면 연락드리지요 횡설수설 와중에

헷갈릴 일 없는 성은 아들에게 이름은 딸에게 물
려줄 것입니다 유산이 그만 흐르도록 일단 방죽 방
향의 가로등부터 끄고

분위기 죽여줍니다

턱수염의 신

나의 날씨는 커튼에서 종영한다
그 광경을 지켜보는 건 턱수염의 신이다
고른 적 없는 바닥을 내게 선물한

내가 이곳에서 주인 행세를 할 때 턱수염의 신은
읽을거리를 주었다
땅이 갈라질 듯 울고 있을 때에도 틈을 아끼지 않
았다
밑으로 갈수록 더 잘 보이게 될 거야
질 좋은 어둠을 뒤집어쓰게 될 거야
나는 그 틈을 벌려 현관으로 쓰기 위해 어두운 것
을 모았다 그것은 읽을 것에 많이 묻어 있었다
힘겹지 않았다 가만히 있어도 달라붙었으므로
헤픈 홑씨 같달까

턱수염의 신이 나를 부를 때마다 목이 말랐다 간지러워서 재채기라도 하면, 너 거기에 있었구나? 다시 그를 안심시킬수록 생활은 눈덩이처럼 잘 굴러갔다

여기서부터 나는 턱수염의 신을 주인공으로 희곡을 쓴다
구제불능의 창문을 닫고
난생처음 바닥에게 날씨를 선사하기 위해
줄을 바꿔가며 대치하게 된다
무기 없이 싸움을 시작한다

밭을 갈고 있는 형제가 등장한다
테라스에서 책 읽다 졸고 있는 사이보그가 있다
누가 입혀준 앞치마가 치욕스러워서

태어나게 하고 싶다 턱수염의 신이 될 아이와 그
아이가 기르게 될 나를
아버지 배 속에 들어 있는
키메라 쌍둥이의 연대기

연습이 끝났다 연기는 그치질 않았다
창밖의 날씨가 나를 살려줄까봐
턱수염의 신에게 다시금 빌었다 내가 비는 기도
를 모두 믿지 말라고

이 방의 주인은 나로 정해졌다
턱수염의 신을 내보내기 위해서 희곡은 멈추지
않았다
계속되기 위해 갈등이 필요했다

바닥을 지키는 일

바닥이 나를 떠나가는 일

이 광경의 액자를 흔들 수 있는 것은

오직 둘뿐이라고 믿으며

턱을 문질렀다

생각하는 사람이 태어났다

주인 없는 침묵은 분란을 일으키기도 한다

골라볼 수 있겠니 쌓여 있는 해골 중
가장 헤프게 웃었던 사람을

왜냐고 묻는다면 글쎄, 부러지는 질문으로부터
침묵은 자꾸 흉측하게 벌어져

원형과 원흉이랬다
같은 밑그림으로 그려진 자화상
검은 얼굴과 어두운 표정을 구분할 수 있을 테니
이제 그럼 한번 골라볼래

젤라토에 스푼을 꽂고 걷던 아이가
오늘 밤새도록 어깨를 들썩이며 울게 될 이야기
머리 두 개 달린 뱀처럼 달라붙은 연인이
내일 서로 가장 멀어지는 행선지를 위해 가방을

메는 이야기……

이렇게 된 것이 별로 이상하지 않다

실용적인 사람은 애도에도 계산서를 내밀고는
얼굴로 영수증을 뱉는다
죽음 말고 달리 죽은 자의 줄행랑을 표현할 수 없
어서
향과 꽃 사이에 사람만 우두커니

복어처럼 잔뜩 긴장해서는
다문 입을 무성하게 부풀리기도 한다
침묵의 재료가 모자라서 잠깐 떠들썩해지면
교환원은 시간을 침묵으로 환전해준다
곧 가능해지리라 믿는 저 표정을

위조하지 않을 수 없게 된다

정물로 달궈진 모조 해골들
모두 뻐근하고 긴 목이 필요했던 얼굴들이다

이 말은 안 하려고 했는데…… 하고 끝낼 수 없는
이야기를 시작하게 된 것을 비로소
　기뻐하는 해골 웃음소리

　해골 웃음소리……
　해골 웃음소리……

물방울 숨기기

찌르면 두 개가 될 테니까
아픔은 잠깐만 잊어봐

불가능에 재주가 있다고 여겨봐

하나의 물방울이 네 개의 물방울이 되면 목마른
사람도 넷이 된다 물이 물을 흘리는 일이 대수롭지
않아서 마구 찌르면
　순식간에 팔백육십네 개의 물방울로
　천구백구십 개의 물방울로
　창밖에 쏟아지는 장마
　방금 누가 물방울을 난도질한 것이 틀림없다

여기는 사람이 정말 많아 끊이질 않아 하나의 물
방울로 들어가기 위해서

그건 슬픔을 의미하는 거야? 눈물인가? 마려운 오줌인가?

들어가봐야 아니까 줄을 서 있는 거야

사람이 많다 들끓는 입김 좀 봐 인기로 성행하는 물방울이다 오래 맺혀 있게 두려고

아무도 가지지 않기 위해서 이토록 많은 발걸음 이라니

각자의 얼음을 어디에서 깨부수고 왔는지

나보다 더 단단한 것을 찾는 것은 적의일까 선의 일까

체온에 짓이겨지는 뾰족함으로

무슨 수를 쓰려고 노력했을까 우리는 말이야……
우리라고 했어 방금? 그렇게 섞이고 싶지 않은 반짝임

슬픔이 임박한 저녁을 물수건으로 닦고
동파 걱정으로 켜둔 수도꼭지 못 잠그고

이만하면 됐어 도로 가져가
두 개가 될 수 있는데도? 들썩이는 어깨를 보면
서 아주 작다는 생각 나눠주고 싶다는 생각
내가 잠깐 커질 수도 있겠다는 상상

물방울을 호주머니에 넣는다 반지에 새기고 눈
썹 위에 올려둔다
물방울과 이별하기에 몰두한다

너무 깊게 찔러서 그 속에 맺힌 사람들이 다치지
않게 멀리서 유리 조각처럼 보이게
산산조각 난 물방울이 얼마나 투명한 것인지를

착각하게 만들게

끝낼 수 없어 계속하게 되었다

한 사람이 접시를 돌리고 있다
넘칠 듯 넘치지 않아 사람들의 감동을
들끓게 하는 회오리로써

이 묘기를 위해 노인은
백 년째 접시를 굽고 있다
굽자마자 깨지는 접시를
다시 불길 속에 던지는 중국인 아이도 있다

서커스가 끝나고 살아남은 접시가
낡은 식당으로 팔려나간다

한 사람은 접시를 깨뜨리지 않으려고
조심히 테이블 사이를 지난다
개중 이가 나간 접시를 골라

문밖에 묶어둔 개의 목을 축이는 데 쓰인다

개는 조심성이 없었으므로
의외로 다치지 않는다

묘기를 하던 사람이 야반도주하고
수소문했지만 방법이 없었다
배를 타고 떠났다는 말만 전해졌다

접시를 굽지 않아서
깨지는 접시도 없어서

중국인 아이는 할 수 있는 게 없었다
노인은 밖에 나가 놀다 오라고 하였지만
식당은 시장에서 사 온 새 접시로

성황을 이루고 있었다

접시가 다시 회전하기 위하여

중국인 아이는 깨질 차례를 생각한다
회오리를 멈추게 하기 위해서
회오리 속으로 들어가는 상상을 한다

뾰족한 뿔 위로 타원형 알을 올려놓기 위해

I

울금을 물고 귀신을 기다렸다고 한다
저녁에 쓰러진 것들 중 가장 밝게 빛나기 위해서
입이 쓰다는 말을 반복하는 할머니에게
사탕을 발라주면서 들은 이야기

꿈은 아니었다고 한다
생생한 정면 때문에 우리는 돌아보게 된다
도처엔 믿을 수 없는
혼신을 다해 소원의 돌탑을 무너뜨리려는
귀신들의 돌팔매질 소리에
할머니는 삼킨 울금을 아기처럼 가졌다고 한다

II

복도를 지나 문을 열면

여기는 가소로움의 방입니다 시선을

바닥에 떨구면서

자신의 불행을 가장 높은 곳에 올려두는 것이

이곳의 질서입니다

친절한 안내를 받고

낭떠러지에 선 온갖 불행이 지켜보는 것을 본다

맹탕의 구름을 껴안고 잠든 자

파묻은 얼굴을 꺼내어 보고 싶지 않다

아는 자가 속출하는 이목구비일 것이므로

예감으로 열게 되는 문에는

그런 나를 내려다보는 자의 형상이 거대하게

먹칠되어 있을 것이다

질서를 어겨야만 나갈 수 있는 방

다시 여기는 울금의 방입니다

III

피딱지를 긁어 상처를 다시 시작하게 한다

손톱에 물든 피

초조함이 맛보게 한 성찬

노란 것과 빨간 것 중 무엇이 더 무섭습니까?

멍 자국에게서 들이켜는 질문

귀신들은 아직 오지 않았다

인간들이 덜 되었으므로 덜 채워졌으므로

할머니가 낳은 울금이 울지도 않고 걸어 다녔다

울금만이 빛났으므로 그 방의 사람들은

울금을 애지중지 키웠다

빛을 껴안고

어둠을 배차하는

이곳은 오류의 방입니다

나는 지금 다음 세계를 출력하고 있는 중입니다

놓고 간 물건들이 미완의 선반을 완성시키고

대답 없는 질문이 책 한 권을 새로 쓰는

이야기 없는 이야기

이것은 어쩌면 울금의 이야기

IV

이 대공황을 빠져나오기 위해서

울금을 이해해야 했다

노랗게 물든 앞니가
나 다음의 삶에 척추로 자라난다
나 다음의 삶······?

귀신들이 헤프게 웃기 시작한다
풍비박산 내기 좋은 인간 하나가 도착했다
그런데······ 까다롭다
울금은 무서워하지 않는다
가장 많은 문을 열어젖히고 온 자니까

영혼을 세워둘 자리가 없는 방이었다
귀신들이 귀신들을 씹어 먹기 시작하고
울금은 혼자 남아 웃었다
하나 남은 사탕처럼

할머니, 이리로 오세요

밤새 꾼 것이 꿈은 아니었네요, 하고는

이제 입덧을 끝내겠습니다

닫히는 차가운 경첩

미래지하입구

「다시 한 번 말해봐」

나는 그 말을 듣지 않았으므로 반복했다…… 그 뒤로 내 몸은 방음이 잘되지 않는다

90년대 유행했던 가요와 팟캐스트가 동시에 흐른다 정적의 순간 싸움은 번진다

소녀는 자정 넘도록 〈엘리제를 위하여〉를 연주하고 아래층 남자는 초인종인 줄 알고 자꾸 문을 연다

골리앗이 개에게 물린 소리 침 삼키는 소리 갑자기 지어낸 멜로디 벌레가 몸 갉아먹는 소리 분간 없는 눈물 소리

이 중에서 무엇을 말해야 들렸을까 생각 와중에

지상으로 가는 통로를 잃는다…… 책이나 영화에서도 본 적 없는 까마득한 곳이다 누구의 몸인가 적출된 안구 속인가 짐승의 뿔 속인가 그것만은 알

겠다 여기서 더는 내려갈 수 있는 길이 없다는 것

　　해야 할 일이 생긴 것인지도

　　땅을 파기 위해 백 년 동안 꽂혀 있던 삽을 뽑았다

　　누군가는 꽃이라고 부르던데 머물기 좋았던 풍경

이라고 말하던데 삽이 꽂힌 자리에 다시 삽 꽂기는

싫고

　　땅속 단단한 것을 골라내려고

　　발이 많이 달린 것을 불러다 모았다 몇 개의 발이

더 필요하면 거짓말을 보태었다 도망간 말들은 때

가 되면 발 없이도 돌아오므로

　　입술 시퍼런 고백을 했다

　　아무것도 떠들지 않게 된 산 자가

　　망자보다 더 오돌토돌했다

망가지는 일이 이토록 간편해진

미래의 행정 속에서 나는 침묵하는 나를 폐기한다

진짜 끝내고 싶은 사람은 끝나기를 기다리지 않

는다…… 그렇게 계속되어가는 일들이 모여서 세

계를 건설했고

세워진 세계를 뒤집어도 성립하는 이곳으로

가장 먼저 돌아온 것이다

파면 팔수록 땅은 더 많은 땅이 되어가고

깃발 미사일 첨탑 십자가 폭죽 장우산 샹들리에

방패연 구름…… 허공을 선점하는 일보다 어렵게

느껴진다

「다시 한 번 말해봐」

그 말이 땅 밑에서 들린 것만 같아서 실성한 사

람처럼 주저앉아 나는 삽으로 단련되고 사진 찍기
좋은 조형물이 되어갔다

   절망을 무릎으로 하는 자와 단발머리로 기억하
는 자 엎드려 자처하는 자 모두 이곳으로 돌아올 것
이기에
   기다릴 수 있었다
   꼭 몇 사람이 더 올 것만 같은 어둠이었으므로

미래지하정전

아니라고 말할 수 있을 때까지

샤오루보는 어둠을 더듬어 문을 찾는다 빠져나
가기 위해서가 아니라 누군가 어디로 들어오는지는
미리 알고 싶어서

준이치는 소용없는 일이라고 다그친다 사람들이
자신을 잊진 않을까 걱정한다

눈앞에 없는 사람이 더 오래 기억된다고, 잊히는
건 가까운 사람부터라고…… 샤오루보의 말에 준이
치는 틀린 말은 아니라고 생각한다

한때 샤오루보는 졸고 있었다 점심을 먹고 회계
자료 틈에 써둔 사직서를 몇 번 고치다가 깜빡 졸고
있었는데 여기로 오게 되었다고 한다

한때 준이치는 카페모카를 주문하고 받아 든 자
신의 커피가 카페라테라는 사실을 알고는 어리둥절

해하다가 도로 나왔다고 한다

그것이 이들의 마지막 기억이다

샤오루보는 준이치의 등에 기대어, 준이치는 샤오루보의 등에 기대어 어둠을 이해하기 시작했다

아니라고 말할 수 있을 때까지

아무것도 보이지 않는 것은 때론 운 좋은 일이로구나

해고당하겠지? 샤오루보가 돌멩이를 던지자 준이치는 출렁거리지 않는다 그 카페는 점심때만 바짝 장사가 잘되는 곳이었다니까

그들은 서로의 거울이 된다 도무지 어두움도 미끄러지지 않는

샤오루보와 준이치는 서로를 의심할 여지만 남겨둔 채로 가까워졌다 이제 여기서 우린 뭘 할 수 있을까?

앞이 보이지도 않는데…… 여기서 앞이 어딘데?
준이치가 묻자 샤오루보는 얼굴의 정면을 앞이라고
설명한다 틀렸어 다 틀렸어

틀렸기 때문에 우리는 이곳에 오게 된 게 틀림없어
샤오루보는 한 접시의 중국식 국수를 떠올린다

준이치는 그것이 일본식 국수와 무엇이 다른지 상
상하지만 배가 고프지 않다 더 굶주린 것이 그들을
노려보고 있으므로

준이치는 고향 요코하마 항구 어디께에 앉아서 듣
던 노래를 흥얼거린다 샤오루보는 이제 그만 이 어
둠을 지루하게 만들자고 한다

여기가 상자라면, 죽은 듯이 있을 때 열어보지 않
을까?

준이치는 묻는다

도대체 누가?

둘은 점점 세 번째 사람을 기다리게 된다 어쩌면 이 둘로 끝이 날 초대장이었지만 이 둘은 알 수 없는 것을 이해하지 않으려고 노력했고

점점 움직임도 사라져갔다

깜빡임? 벌렁거림? 아직 태어나지 않은 건 아닐까?

죽기 전의 농담은 진담의 얼굴로 발악한다

샤오루보는 자신이 쓴 사직서를 복기하며 아무도 발견하지 않았으면 좋겠다고 말한다

준이치는 오전 6시 15분에 울리는 알람 때문에 자신의 고양이가 단잠에서 깨어나지 않았으면 한다

그리고 그들은 다시 문을 찾기 시작한다 새어 나오는 빛이나 외풍으로부터…… 들어온 곳으로 나갈 수 있다는 것은

인간의 셈법으로는 틀림없는 것이었지만 그들은

배고프지 않았고 생각나는 사람 없었고 사랑이나 우정 따위에 대해 언급하지 않았다

그들은 세상에 중독된 것이 없었다

네가 샤오루보라는 증거를 말해봐

네가 준이치라는 증거는 있고?

다행인가? 동시에 외쳤다 그들은 의심이 뾰족하게 자라나지 않도록 침묵을 지킨다 아직 그들은 둘 중 한 사람만 남겨지는 어둠을 원하지 않았으므로

계단 오르내리는 소리 버스 하차벨 누르는 소리

그런 것이 들리기 시작한 샤오루보는 준이치에게 묻는다

여기는 어디지? 너무 편안해 죽고 싶을 만큼

우리는 세상이 깜빡한 세상에 있고

없는 듯이 살고 싶다는 언젠가의 농담을 증명하듯이

이제 이곳으로 아무것도 오지 않을 거야 정말 아무것도

아니라고 말할 수 있을 때까지

그들은 이제 더 이상 구별되지 않을 것이다

그런데 우리는 어떻게 서로의 말을 알아들을 수가 있는 거지? 비애에는 언어가 소용없지 슬픔에는 동작이 필요하지 않지

샤오루보와 준이치가 처음으로 고개를 동시에 끄덕였다

서로의 손을 잡고 손잡이처럼 잡아당겼다

미래지하후기

　—『인간도감』과 X

I

　『인간도감』을 막 완성한 神은 밑을 내려다보았다 지하에 너무 많은 인용문이 묻혀 있다고 발아래에 눈동자를 두어야겠다고 말했다 이다음에…… 이다음에…… 인간을 들끓게 했던 주문을 외우면서 신은『인간도감』마지막 장에 자신의 인중을 찍어 남겼다

　여기에 기록되지 않은 인간은 없다고 선언했을 때

　태어나게 된 것이다

　神의 과오가 되어줄

II

움켜쥐었던 멱살이 모두 돌아오는 겨울이었다
탄광촌 햇빛과 광부의 마른기침
동굴 속에 '밑으로 더 내려가면 있다' 메아리로
두고 온 소문과
그것을 유유히 감식하는 신 미만 인간 이상의 X
X는 가장 흥미로운 지상을 고르고 있었다
神에게 뜻밖의 야생을 보여주기 위해서

III

도서관에서의 일생은 참혹할 만큼 지겨웠다 내
가 사서가 되고자 했을 때 어머니가 내게 해준 말이
다 책에 낙서하는 자들을 벌하거나 빨대에 맺힌 커

피가 책 사이로 흐르지 않게 감시하거나 아무것도 하지 않거나

다음에 와서 변상할게요

다음부터 안 그러면 되잖아요

다음에…… 이다음에…… 연체된 책들은 대부분 대출도서반납기에 실려서 온다 어느 날엔 도서관에 없는 책만 찾는 사람들로 가득한 날이 있었는데

천진한 아이가 멀리서 내게 가운뎃손가락을 뻗고는 힘껏 도망간다

고작 그게 줄행랑칠 만큼 용기가 필요한 일이라구?

자판기에서 캔 음료 떨어지는 소리

절묘함이 들러붙는 운세

IV

대출도서반납기 맨 마지막 도서는 『인간도감』이
었다 하자 없이 깨끗한 양장본의 책이었다 비유나
은유는 도난당한 사전이었는데
    면지에 '박정환'이라고 이름이 적혀 있다
    그리고 그 위로 빨간 가위표가 그려져 있다
    이로써 박정환은 확실해진다

컴퓨터에 앉아 박정환을 검색한다 41명의 사람
을 찾게 된다 46년생부터 05년생까지 다채롭다 이
모든 박정환은 『인간도감』에 기록되어 있다 다만
이 책의 주인은 이름 위에 그려진 X의 것이다

X는 이 훼손 도서를 어쩔 줄 모르고 있는

나인 채로

어떤 턱수염에서 자라난 생각이 멈춘다

                        V

神은 덮어두었던 『인간도감』을 펼쳐

X를 끼워 넣을 행간을 넘는다 X로부터 이 책은

파본이 되었다 과거가 되었다 기록하지 않은 X를

수소문했다

X는 하품이 많은 사서였지만, 神의 보살핌은 필

요로 하지 않았다

될 수 있는 한 아무것도 하지 않았기에

미래나 적금이나 보험에는 월급을 쓰지 않았기에

『인간도감』이 펼쳐진 채로 神은 심판받게 되었다

닿지 않은 곳은 이미 어둠이 도사리고 있어요

어둠에 덜미를 잡힌 덜 어두운 것들의 은신처라고요

지하 이하, 절망 이상의 층계참에는

무릎이어야 했습니다 무릎을 이해하는 자들만이 입장할 수 있는 그러니까 神의 파본이 여기에 있습니다

적혀 있는 대로 잘 살고 있긴 하지만

머지않았어요 이다음에…… 하고 흘러갈 시간이 없다는 것을 X는 무료하게 모래시계를 뒤집겠지만

이면지에 경고문을 또박또박 적으면서

인간다움의 다음 같은 것은 생각하지 않겠죠 절대로

X는 어디에서도 길을 잃지 않는다
가고 싶은 곳이 없었으므로

神은 지하의 수기를 녹취하기 위하여 지하 이하,
절망 이상의 층계참으로 갔다
하늘을 향해 기도하는 모든 이들을 한 권에 묶어
놓고서
펼치기를 망설였다

된 것이다

파두

    짐승 같던 사람 하나 베개와 관자놀이 사이 골짜
기에 묶어두고 멱살 쥐어뜯고 싶다

    그러다가 울겠지 멈추지 못하겠지 기어코 듣게
된 이유가

    평생 발톱 세우고 살갗 위에서 자지러질 테니까

    그날 밤 몽둥이를 숨기지 않았는데, 숨기면 가장
소중한 것을 박살 낼 테니 그렇게 더는 설명할 수
없게 된 주소로부터

    나는 언제부터 묶여 있었던 거지?

    누군가 얼른 잠들었으면 하는 마음은

    뜬눈으로 밤의 교두보를 걷다 오는 일이지 오는
길에 귤 몇 개 사서 검은 봉지에 담아 오는 일이려나

    제발 지긋지긋한 소리 좀 그만해

    왜 우린 하려던 말은 못하고 어설피 재운 짐승을
깨워 서로를 물게 됐을까 각자 묶여 닿을 수도 없었

는데

　짖기라도 하면 몸에서 무엇이라도 빠져나가는
걸까

　그날 밤…… 이렇게 시작하는 글을 쓰려고 한다
　그런데 이렇게만 둬도 벌써 쏟아지는 밤색 어디
론가 돌아가지 못하고 배회하는 자들이 어울려
　밤을 웅성거리다 보면
　우리는 서로의 상처에 혀를 갖다 대고 있다
　꺼져
　잘 알지도 못하면서 왜 이토록 오랫동안 우리는
　단지 아침이 오는 새삼스러움을 함께 망각하는
순간이 좋았기 때문이다

　아름다운 것에 대해 이야기하지 않기로 하였다

침묵으로 합창하는 대합실에 가본 적 있어? 수많은 버스가 많은 기다림으로부터 떠나온 것을
 두 손에 꽉 쥔 짐들과 차창의 손자국 으르렁거리는 시동 속에서
 까마득하게 풀려나 목줄이 팽팽해지는 것을
 나는 왜 아름다운 곤경이라고 생각했을까

 매 맞아 붉어진 얼룩을 뒤집어쓰고 작고 소란하게 욱신거리면서 살게 되었다 그날 밤 잠들어버린 뒤로 꿈 하나가 잘못 출력되고 있다
 모든 수신호를 파괴하는 눈부심으로
 그땐 등을 흔들어 깨워줘 곤히 자고 있더라도

 밤을 설명하기 위해 무엇을 꺼내는 게 좋을까
 언젠가 나는 방파제 위에서 낚시하던 그에게 찌

를 골라준 적 있다

　허무맹랑하게 이 밤을 다 보내겠다는 각오였는지

　파도와 입질이 헷갈리는 흔들림 속에서 전혀 다른 곳을 보는 그를 보았다

　그 생각 중에 어쩌면 내가 있을지도 모르겠다고

　물고기가 되어가는데 비늘이 모자란 몸인데 비린내만 숨기던

　상처를 너무 보살피지는 마

　언젠가 다시 그에게 보여줘야 할 테니까

　모르는 척하는 목덜미에 많은 아름다움이 숨겨져 있다 흡혈귀나 늑대가 아니어도 한 번쯤 물어보고 싶어

　그 사람도 아플 수 있을까

돌아갈 수 없어 만나지 않기로 하였다, 그런 약
속도 없이 실연을 반복하는 목줄을 다시 놓아 달 한
번 밤바다 한 번 정박한 배 한 번 길 잃은 개 한 번
보고 보다 보면

용서는 너무 늙어 이빨이 다 빠진 채로 낯선 이
름을 부를 것이다

그때 와

가장 아름다웠던 건 그때 보여줄게

해안류

바다에 문짝을 던지고 나는 기다렸다
누군가 문 열고 나오리라 믿으며

문이 사라진 방에선 어둠이 처음으로 기어 나왔다
보행법을 잊은 너의 양부모가 언제 보챌지 모르니
바깥에서 가장 아름다운 곳으로 데려가

그렇게 우리는 바다에서 재회했다

발길질이 심해서 입덧도 몰랐는데
걷는 것을 참 좋아했어요
과거형의 미래를 자주 산책하던 아이는
저녁 먹을 시간에 돌아올 것이다
깎아놓은 사과를 먼저 드세요 찌개는 그만 데우
세요

바다에 던진 문을 두드릴까 노크를 듣기 위해서

파도보다 더 먼저 일렁였다

장대비가 등에 꽂히더라도 소라게가 귓속에 득

실거려도

한번 엎드린 사람은 도통 깨어나지 않아

반복이 필요했다

반복도 살의를 느끼는 생활은 이따금씩

바다가 지워가는 문을 잊게 만들었다

다행스러운 생각들이 옷핀처럼 열릴 때마다

어딘가를 쿡 찌르고

아이는 없는 사이 저녁 먹고 오겠다는 말을 남기

고 갔다

물속에서도 연습이 필요하다고

저 문 뒤에 등을 기대고 서 있는 자가 있다
던질 문이 없다 모두 창문을 내렸기에
빛은 새어 나올 틈 없다
이 시가 이렇게 끝나는 것은 아니다
저 문의 손잡이를 잡아본 사람들만이
시간의 헛바퀴에 대해 마저 이야기할 것이다

너는 도대체 무엇을 기다리니?
너의 양부모는 내게 말을 건다 나는 어둠을 닮았
지만
결코 어둠은 아니에요 친절하게 굴지 마세요

그 말은 삼키고 바람이 불면 날아다니는

가벼운 돌 되고 싶어요

저 문을 두드릴 수 있을 만큼만

심장 구슬과 어울려 놀 수 있을 정도로만

창문을 빼꼼히 열어 얼굴을 들이미는 사람

내가 보여? 우리 서로의 거울이 되자

깨지지 않게 조심히 놀자

자 이제 문 열어줄게

원 안에서 벗어나 원 밖으로 나아가

기뻤던 장면을 오려 와 밤새 악몽으로 수선하던
귀신들
문밖 크리스마스 리스를 빠져나가는 멀리서 온
홀몸들 식어가는 덩어리째
이쯤에서 내 친구들 소개를 끝마칠까

단란한 창문을 들여다보기 위해
입김을 불고 소매로 닦고
그다음은 꼭 없어질 것만 같아서 희뿌연 채로 맑
아지기를 그만두기도 한다

웃을 수만 있다면 울 준비도 한다던데
굴뚝과 벽난로 없이도
작년에 한 이야기는 또 온다던데
우리는 둥글게 둘러앉을수록 팔다리가 꿈틀거리

지 비틀거리고 싶어서 안달 나지

   비밀을 띄워야 포개어지는 버섯의 시간 흐른
   이야기가 이야기를 구경하는 양말 속 시간 흐른

   분명 할 말보다 짧을 밤이기에
   악몽을 가슴까지 덮고서 우정이 되어감을 경계해

   냉랭했던 얼굴을 꺼내 와
   머리맡에 걸어둔 전구를 깨뜨려서
   귀신들의 주전부리가 되는

   겨울을 회항하는 멀대 구름과 귤껍질 바다과 꽁
꽁 언 밀대의 물구나무서기
   간밤의 눈이 처마까지 차오르더라도

더는 미룰 수 없어 조각의 기쁨

코와 코가 어긋나는 자리의 결속

초만 불면 끝날 것 같은데

성냥은 자꾸 부러진 발목으로 뜨겁고

태울 수 있는 것을 잔뜩 들고 가는 친구들

헤펐던 웃음의 심지를 켜서 흐르게 두자 지난 과

오들을 불가피했던 상황들로 하여금 우리라는 말을

정비하자

카펫 위로 덩그러니 남겨진 동심원

그 안에 손을 뻗어도 닿지 않는 진저쿠키가 부러

진 발을 하고서

있는 힘껏 웃고 있다

초코는 절대로 구겨지지 않는다는 듯이

백만 번째 낭독회

시인은 세상에 처음 선보이는 시를 읽기 시작하
는데

사람들은 일제히 수군거린다

티코스터가 바닥에 달라붙어 울 때까지 어디서
본 적 있다는 듯 베껴 온 것을 짐작하며 눈을 비비
는데

그럴 리 없다고 엉덩이로 울고 있던 시인은

이 모든 장면을 속눈썹으로 덮어 털어내지만 잠
깐 깜빡이는 눈 밖에는 멎어 있는 장면

슬픔을 토막 내 인용해온 구절이

명백한 오류를 지녀 아름다운 문장이

삼엄하게 찍힌 발자국 위로 새로운 흔적도 남기
지 못한다 이제 시인의 영혼 어딘가엔 물방울이 새
하얗게 맺힌다

이것은 내가 기다려온 어둠이 아닙니다

그것은 내가 듣고 싶었던 딸꾹질이 아닙니다 술렁이는 관객들의 침묵을 들을 수 있는 것 오직 시인

시인은 한 사람만을 위해 살지 않았다 한 줄의 시를 위해서도

베끼지 않았을 것이다 가정형의 문법은

모두 과거에서 이고 온 조약돌처럼, 깨뜨리면 깨뜨릴 수 없다는 깨달음만이 미래에 있다

저 시인의 퇴장 속에도 있다

마이크도 출력 못한 시인의 물방울은

어디선가 벽을 그으며 무너져 내릴 것이다

곰팡이의 입장에선 한가로운 일 글자가 적힌 메모지 입장에선 곤경에 빠지는 일

시인의 입장에선 아주 찰나의 영원일 것이다

번지지 못한 불타오르지 못한 시인의 낭독이 모

두 끝나고 사람들은 침묵 속에서 얼얼해진다

시인은 무대를 떠나고 스크린 위로 시가 내려앉아 있다

방향키를 누르면 시는 사라지고 다음 새로운 시가 등장할 것이다 그러나 그 시를 쓴 사람은 이곳에 도착하지 않았다

시인은 없는 채로 시가 발음되는 순간일 것이다

설명도 진위도 뜻하지 않게 귀해질 것이다

사회자는 창밖을 가리키며 늦어지는 다른 시인을 소개한다 차로 꽉 막힌 사거리가 창밖에 놓여 있고 눈이 내리기 시작한다

사람들은 갑자기 동요한다 차가운 것에 대해 가볍고 간직할 수 없는 것에 대해 환호를 보낸다

사람들은 무엇이 와야 끝나는지 의아해하고 있다

조용히 무거운 철문을 열며 떠나는 시인과 막 도

착한 다음 차례의 시인이 마주한다 다음 차례의 시
인은 떠나는 시인의 어깨를 치며 묻는다

　우리 어디선가 본 적 있지 않아요?

PIN

028

시럽

서윤후

에세이

시럽

나는 사람들에게 내가 저질러온 사소한 잘못에 대해 말해왔다. 그러면 청중들은 좋아했다. 마치 재미있는 이야기를 듣는 것처럼 귀를 기울였다. 그래서 정직하게 살다 보면 할 말이 없어질 때가 많았다. 잘 지낸다는 대답으로 끝나는 짤막한 대화 속에서 사람들은 시시하게 떠나갔다. 내가 줄곧 떠들었던 이야기의 종류로는 대체로 이렇다. 물건을 잃어버린 이야기, 길을 잃어 헤맨 이야기, 친구에게 화를 낸 이야기, 길거리에서 본 황당한 이야기, 모르는 사람에게 실수한 이야기 그리고 지금부터 하려는 시럽에 대한 이야기도 그중 하나가 될 것이다.

사소한 잘못도 몹시 두려워 스스로를 단속했던 나는 스무 살이 되던 해에 비로소 커피를 마시게 되었다. 학창 시절 독서실에서 친구들이 마시던 캔 커피 한 모금 맛보는 일에도 죄책감을 느꼈기에 스무 살에 처음 커피를 마시게 된 것은 이상하지 않았다. 그때에는 지금처럼 카페도 찾아보기 힘들었고, 찾아간다 한들 생과일주스나 파르페 같은 것을 먹었으니까, 커피는 선택의 여지도 없는 메뉴였다.

커피는 하나의 포즈였다. 커피를 좋아해서 자주 마신다는 것은 맛 때문이라기보다 커피를 마시는 동안 하는 일들에 대한 소개에 더 가까웠다. 나는 처음부터 커피를 좋아하지 않았다. 어린 마음에 아메리카노는 어른의 영역이라고 생각했고, 그때 나는 그 세계로 빠르게 침투하기 위해서 커피에 시럽을 넣었다. 애도 아니고, 시럽을 넣으면 무슨 맛으로 먹느냐고 핀잔을 주는 사람들이 많았다. 그래서 나는 아메리카노에 시럽을 넣을 때마다 잘못을 저지르는 것처럼 느낄 때가 많았다. 요즘에도 종종 그렇다.

문예창작학과에서 내가 제일 싫어했던 것은 몇몇 선배들의 태도였다. 네가 시를 쓴다고? 하면서 흡연구역 난간에 기대어 허물없이 떠드는 문창과의 역사와 시에 대한 이야기……. 허물을 다시 입혀주고 싶었지만 그럴 수도 없이 떠벌리는 이야기들 속에는 기이한 포즈가 있었다. 조금 진지한 이야기가 시작될까 싶으면 어김없이 꺼내 무는 담배와 한 손에 든 싸구려 커피, 시 못 쓰는 선배들에 대한 뒷담화, 어제 쓴 자기 시 이야기, 술자리에서 만나본 시인들에 대한 영웅담 같은 것? 세상 쓴맛을 다 본 것처럼 말하는 선배들의 찡그린 미간을 보면서 나는 아마도 시인이 되고 싶었던 것 같다.

물론 내게도 시를 쓰면서 갖게 된 볼썽사나운 포즈가 있었는데 그것은 역시 커피다. 하루에도 대여섯 잔을 마셨다. 커피가 없으면 시가 시작되지 않았다. 그런데 쓴 커피에 막 입문한 사람이라 꼬박꼬박 시럽을 넣어서 먹었다. 아주 긴밀한 친구들만이 내 취향을 파악해서는, 주문한 커피가 나오면 알아서 시럽을 넣어주었다. 한 바퀴?(펌핑 없는 용기에 들어 있는 시럽일 경우) 세 번?(펌핑 용기에 들어 있는 시럽일 경우) 나는 강한 긍정의 표시로 고개를 끄덕이는 일이 많았다.

그 당시 내 주변의 시 쓰는 사람들은 대부분 절망에 기대어 사는 것 같았다. 그때만 해도 나는 절망과는 거리가 멀었고 그들과 별로 어울리고 싶지 않았다. 과외도 잘 구해져서 등록금을 마련했고, 친구들과의 사이도 원만했다. 가족들에게도 소홀하지 않았으며, 교수님들에게도 미움받지 않았다. 길거리에서 뺨을 맞은 적도 없고, 친한 친구가 자살 시도 같은 걸 하지도 않았으며, 헤어진 연인으로부터 연락이 오지도 않았다. 월세가 오르지도 않았고, 병문안이나 장례식에 갈 일도 없었다. 어둠이 도사리고 있는 가운데 나는 잘 살아남아 있었다. 시럽을 넣은 커피는 절망의 취향이 아니라는 듯이.

소개팅에서 만난 사람은 주선자에게 이런 내용

의 문자 메시지를 보냈다. 그 사람 시를 쓴다며? 어쩐지 좀 특이하더라. 아메리카노에 시럽 넣는 사람 처음 봤어. 그 사람이 늦어서 노래를 켜둔 채로 이어폰을 두고 주문을 하러 갔는데 카라 노래 듣는 거 있지. 그때 좀 깨더라.

나는 잠깐 우울하고 짜증이 났지만 그때에도 내 손엔 시럽을 넣은 아메리카노가 들려 있었고 금세 잊을 수 있었다. 이게 뭐 어때서? 그런 마음은 다 쓴 시를 읽을 때의 마음과 다르지 않았기 때문에 익숙하기도 했다.

손님들이 시럽을 잘 찾지 않는 카페에 가면 시럽 용기의 입구가 굳어 있어서 시럽이 잘 나오지 않는다. 그럴 땐 굉장히 난감하다. 나는 용기 입구를 열어서 번거롭게 시럽을 넣는다. 휴지나 빨대를 가지러 오는 다른 손님들을 조금씩 의식하면서도, 끝끝내 적당한 양의 시럽을 넣고 싶어 한다. 그러나 그것은 내가 시럽을 넣는 한 바퀴 혹은 세 번의 방식과 어긋나므로 시럽을 항상 많이 넣는 실수를 범하고 만다. 여기저기에 흘려서 닦는 일도 빈번하다.

너무 달아서 머리가 아프거나 커피 본연의 맛을 상실할 때에도 나는 시럽이 필요했다.

본격적으로 자취를 하면서부터 나는 집에서 커피를 내려 마시기 시작했다. 설탕을 잘 졸여서 공병에 담아 시럽을 만들기도 했다. 가끔은 시럽 없이도 커피를 마셔보았다. 아마도, 언젠가는 시럽을 그만 넣게 될 날이 올 것이라고 생각했다. 왜냐하면 시럽을 넣는 일이 누군가에게 조금 부끄럽거나 커피 맛도 모르면서 커피를 향유하는 척 흉내 내는 사람으로 보일까 그게 좀 두려웠던 거다. 시럽과 나 사이에 어떤 규칙들이 생기고, 서로 작용하는 의미가 생겨나면서부터 나는 시럽에 더 집착했다. 제일 어려웠던 것은 여행을 다닐 때였다.

스코틀랜드 에든버러의 카페에서 나는 시원한 아메리카노를 마실 요량으로 주문대 앞에 섰다. 그러나 그곳은 한국처럼 시럽을 자유롭게 넣을 수 있는 시스템이 아니었다. 발을 동동 구르면서, 메뉴판에 있는 시럽을 추가했다. 시럽을 '쉬롭'이나 '시룹'으로 발음하지 않은 나의 정직한 영어 발음 때문이었는지 주문받는 사람은 초록색 눈동자를 크게 뜨며 되물었다. 내가 주문한 것은 페퍼민트 시럽이었는데, 재차 확인하더니 주문을 받아주었다. 카페 구석에서 나의 커피를 기다리는 동안, 나는 커피를 제조하는 사람들을 보고 있었다. 나의 이니셜과 내가 주문한 옵션이 적힌 플라스틱 커피 용기를 여러 번 살피던 사람들이 웃음을 터뜨렸다. 나는 그때 나 혼자서도 잘 달궈졌다. 커피계의 괴짜가 된 기분이었다. 그들의 비웃음은 커피가 완성되어 나올 때까지 멈추지 않았다. 나는 귀가 빨개진 채 커피를 들고 나와 빨대로 가라앉은 시럽을 천천히 저었다. 얼음 부딪히는 소리와 함께 시럽이 잘 섞이기를 바라면서, 조금 빠른 걸음으로 카페와 멀어지고 있었다. 페퍼민트 향이 나는 달콤한 아메리카노의 맛을 잊을 수가 없게 되었다. 그러나 내가 우려했던 장면을 정통으로 마주한 느낌이라서, 그 뒤로는 가능한 한 작고 허름한 카페나 인자한 얼굴을 가진 주인이 있는 카페를 찾아다녔다. 이상하게 자란 마음이 절박해지는 순간이었다.

그때의 경험을 교훈 삼아서 나는 여행 가기 전, 그 나라의 말로 시럽이 무엇인지 꼭 숙지하였다. 중국에서는 '탕지앙糖浆'이라고 말하고, 일본에서는 '시롯푸シロップ'라고 말했다.

　달콤쌉싸름하다는 맛에 대해 이해하기 시작했다. 살다 보니 삶에 작은 위기가 속속 찾아들고, 잘못한 일들이 늘어갈 때마다 나는 시가 잘되어서 기뻤다. 양가적인 상황이 생활에 잘 섞이진 않았지만 그런대로 버틸 수 있었고, 또 금세 문제들은 지나가고 있었다. 절망 속에서 자주 유머를 찾아 나서기도 했고, 너무 가벼운 유머들 속에서는 스스럼없이 상처를 꺼내어 보여주었다. 통풍이 잘되어야 금방 딱지가 생겨. 그러면 친해지기 쉬웠다. 그럼 멍든 건 어떡해? 그건 계속 숨겨, 가리든지. 연락이 뜸해져도 괜찮은 사람들이 더 많았지만 말이다.
　커피를 마시지 않으면 어김없이 두통이 찾아왔다. 시럽이 구비되지 않은 카페에서는 설탕을 차가운 커피 속에 넣고 오랫동안 빨대로 휘젓거나 으깼다. 견딜 수 없는 고통이 뼈마디처럼 하나씩 자라나기 시작했다. 상처를 쉽게 보여줄 때마다 상처가 하나씩 더 늘어나는 것만 같아서 잘 감추었다. 친해질 일도, 멀어질 일도 없는 사람들과 맛있는 밥을 먹고, 엽서를 사고, 작은 선물을 주고받으면서 지냈다. 그러니 시 쓰기가 조금 재미없어졌다. 시집을 읽어도, 시에 대해 말해도, 그것은 늘 그래왔던 일처럼 느껴졌다. 늘 그래왔던 것……. 이제부터 이 반복을 그만둘 수 있는 일은 해오던 무언가를 하지 않는 일밖에 남아 있지 않았다.

시럽을 한 바퀴에서 반 바퀴, 세 번에서 두 번, 한 번으로 줄이기 시작한 것은 내 입맛이 변해서가 아니었다. 어쩌면 시는 가능하게 했었는지도 모른다. 이미 지루할 대로 지루해져서 더는 지루해질 수 없는 내 삶에 작은 이변을 연출하는 것. 13인치 노트북 모니터 앞에서, 아이폰 메모장 안에서, 헬스장 전단지 뒤에서 갑작스레 시작된 시들은 내가 예고하고도 내가 놀라게 되는 일종의 장면 전환이었다. 다음이 훤히 보이는 현재 속에서, 다음 문장을 예측

하기 어려운 시 쓰기의 도약은 나를 각성시켰다. 이 지루함을 알아볼 틈 없이 계속될 수 있음을.

근래에는 시럽을 넣지 않고 아메리카노를 마신다. 시럽에 집착했던 나에게서 떠나와 도착한 커피의 쓴맛은 과거에 대한 그 무엇도 항변하지 않는다. 커피는 아마도 오래전에 비유를 상실했지만, 시럽은 그렇지 않았다. 비유를 상실한 폐허 속에서 유일하게 나의 존재를 단맛으로 코팅하던 시럽은 일종의 변수에 가까웠다. 그 의미의 멱살을 붙잡고 벼랑에 있었다. 하하 호호 당장이라도 호쾌하게 웃을 수도 있었고, 추락한 게 아니라 아직 벼랑에 있음을 차라리 좋아하던 때도 있었다. 그것이 시가 내게 준 기쁨이기도 한데 이제는 그런 의미로부터 출구를 찾았다. 하지 않음으로 해서 가능해진 일들의 실체를 경험했기 때문이다.

단맛에 가려져 몰랐던 원두의 맛을 조금 구분할 줄 알게 되었고, 커피를 너무 많이 마시지 않고, 온전히 한 잔의 커피를 즐기는 일에 집중하게 되었다. 얼마 전 여행했던 태국 치앙마이의 거의 대부분 카페에서는 아메리카노를 주문하면 내게 꼭 물었다. 두 유 원트 슈가? 듣고 싶었던 말을 아주 뒤늦게야 들은 것만 같아서 예스, 예스, 아이 원트 슈가, 아이 라이크 슈가, 라고 대답하고 실로 오랜만에 시럽이 든 커피를 마셨다. 다음 날 여행지에서 우연히 만난 사람은, 여기 커피는 너무 달아서 싫다고 투정을 부렸고 나는 또다시 그렇다고 마음에도 없는 동의를 표했다. 시럽에 자꾸 감춰지게 되는 나에 대해 생각했다. 끈적이고 오랫동안 졸여야만 맛볼 수 있는 시럽의 끈기에 대해서도.

이제는 내가 저질러온 사소한 실수나 잘못이 너무 많아서 고를 수 없을 지경이 되었다. 그래서 더 말을 아끼게 되었다. 내 안에서 선별된 강도 높고 규모가 큰 잘못에 대해 말할 수도 있겠으나 또 그럴 만한 일도 없다. 내숭을 떨어야 할 만큼 신경 써야 하는 대화의 장소에 내가 없고, 소개팅 같은 것을 이젠 하지 않는다. 친구는 내가 시럽을 넣는다는 사실을 잊어버린 듯 이제는 받아 든 커피를 있는 그대로 내게 준다. 한 바퀴? 세 번?에 끄덕였던 사실도 어색해져서, 커피가 가득 찬 잔을 들고 서비스 바를 서성이다가 커피가 출렁거려 손에 잔뜩 묻히고는 다시 돌아온다. 시로 하여금 떠들썩하게 내가 구성해온 세계에 대해 이야기하고 있었나 싶다가도, 내 설계에 내가 빠져 헤어 나오지 못할 때도 여러 번이다. 그렇다면 이것은 다시 처음으로 되돌아온 이야기인가? 아니다. 그럴 수 없는 것에 대한 이야기이다. 한 번 더 그럴 수 있는 이야기를 하기 위해서 하게 되는 이야기. 시럽을 넣는 것, 시럽을 넣지 않는 것은 이제 내 커피에 대해 아무것도 관여하지 않는다. 그렇다고 해서 시시껄렁했던 몇몇 선배를 이해하게 된 것도 아니며, 시럽에 집착했던 나 자신을 다시금 깨닫게 된 것도 아니다. 사실은 그 누구도 내가 커피에 시럽을 넣는 것에 대해 생각하지 않았을 수 있다. 시가 계속되어가는 일도, 생활이 지속되어가는 일도 마찬가지다.

세상의 선반 어딘가에 놓여 있는 모든 시럽들을 생각한다. 무엇이 될 뻔했지만 사계절 실온에 두어도 아무렇지 않은 시럽이 있고, 시럽을 찾는 사람과 찾지 않는 사람들로 붐비는 도시에서 나는 여전히 시를 쓴다. 시럽을 좋아하지만 매번 그 취향을 들키고 싶지 않았던 나의 은밀함에 대해 생각한다. 하루에도 몇 번이고 거짓말을 하게 되었고, 그걸 시를 쓰면서 고백한다. 단맛도 쓴맛도 헷갈리는 어리석은 미각으로, 시를 쓴다. 내가 고른 언어를 발음하게 될 혀를 빚어서 세상에 갖다 대어본다. 핥든지, 빨든지, 맛보든지, 마비되든지, 중독되든지……. 나는 이제 혀를 말할 수 있게 내버려두는 일밖에 할 수 없다. 그런데 그것은 의외로 바쁜 일이 되었다. 그렇게 되었다.

소소소 小小小

지은이 서윤후
펴낸이 김영정

초판 1쇄 펴낸날 2020년 3월 30일

펴낸곳 (주)현대문학
등록번호 제1-452호
주소 06532 서울시 서초구 신반포로 321(잠원동, 미래엔)
전화 02-2017-0280
팩스 02-516-5433
홈페이지 www.hdmh.co.kr

ⓒ 2020, 서윤후

ISBN 978-89-7275-160-1 04810
      978-89-7275-156-4 (세트)

* 책값은 뒤표지에 있습니다.
* 이 도서의 국립중앙도서관 출판예정도서목록(CIP)은 서지정보유통지
  원시스템 홈페이지(http://seoji.nl.go.kr)와 국가자료종합목록 구축시
  스템(http://kolis-net.nl.go.kr)에서 이용하실 수 있습니다.
  (CIP제어번호: CIP2020009106)

〈현대문학 핀 시리즈〉는 당대 한국 문학의 가장 현대적이면서도
첨예한 작가들을 선정, 월간 『현대문학』 지면에 선보이고 이것을
다시 단행본 발간으로 이어가는 프로젝트다. 여기에 선보이는
단행본들은 개별 작품임과 동시에 여섯 명이 한 시리즈로 큐레
이션된 것이다. 현대문학은 이 시리즈의 진지함이 핀 이라는 단
어의 섬세한 경쾌함과 아이러니하게 결합되기를 바란다.